AF339342

21484

ÉPITRE

SUR

LES TALENS.

A LONDRES;

Et se trouve à Paris

Chez N. B. DUCHESNE, Libraire, rue S. Jacques,
au-dessous de la Fontaine S. Benoît,
au Temple du Goût.

M. DCC. LX.

EPITRE

SUR

LES TALENS.

Cet Être impénétrable en ses desseins divers,
Qui d'un coup d'œil soumet & régit l'Univers,
A chacun de ses fils assigna son partage.
Tout homme a ses talents : voilà son héritage.
Il doit le cultiver sans vouloir l'agrandir ;
On lui permet pourtant d'oser l'approfondir.
Que vers ce Pôle unique il tourne ses idées,
Que par des feux nouveaux elles soient fecondées,
Qu'il cherche à le connaître, il le peut, il le doit ;
Mais qu'il s'arrête aussi dans ce sentier étroit,
Et n'aille point, guidé par la folle Imprudence,

A ij

Du Laboureur voifin renverfer l'efpérance.
Du Dieu qui nous créa telle eft la volonté ;
Il veut qu'en fes projets notre efprit limité
Fléchiffe fous des loix qu'il ne doit point enfreindre,
Ne cherche que le but auquel il peut atteindre ,
Et fe conforme au plan par fon Maître tracé :
Le talent perd fon prix , dès qu'il eft déplacé.

TOUT Art a fon principe, une fource certaine,
D'où naît un feul ruiffeau ferpentant fur l'aréne,
Qui divifé bientôt en cent bras différens ,
Par cent tours oppofés fertilife nos champs.
Ne briguez les honneurs de la pourpre favante
Qu'après un long travail , Jeuneffe impatiente.
Pâliffez fur votre art , ranimez vos fourneaux ,
Examinez la tige , ainfi que les rameaux ,
Et n'imaginez pas racheter l'ignorance
Par l'éclat emprunté d'une belle apparence.
C'eft fe tromper en tout qu'héfiter en un point.
Je ne fuis jamais sûr fi je ne connais point
Tout le fel de ces eaux par la flâme épurées.
Irai-je fur des Mers par les vents déchirées ,
Cédant à mon caprice , affronter mille morts ,

Moi qui n'ai jamais vû Neptune qu'en ſes ports,
Et la Rame à la main, ſans voile, ſans bouſſole,
Sur un frêle bateau voguant au gré d'Eole,
Eſſayer de franchir, Nautonnier imprudent,
Un pas que les vaiſſeaux ne tentent qu'en tremblant?

Pour ce vieux Médecin quelle heureuſe journée!
Cent écus bien ſonnans ont payé ſa tournée.
Député de l'enfer, Empirique orgueilleux,
Qui preſcris pour tous maux des ſecrets merveilleux,
Tu dictes tes arrêts ſans nulle inquiétude,
Et de ton art à peine as-tu fait quelqu'étude.
Qui t'a donné, dis-moi, le droit de nous guérir?
De tes faibles talens l'homme doit-il ſouffrir?
Par des ſecours trompeurs ta perfide induſtrie,
Du poiſon qui fermente augmentant la furie,
Promène avec plaiſir le poignard dans ſon ſein....
Laiſſe la terre en paix, miſérable aſſaſſin.

D'Ainval eſt Chevalier; l'orgueil de ſa naiſſance
Semble éxiger de lui qu'à toute heure il s'encenſe.
Il eſt noble, il ſuffit; c'eſt un homme parfait.
Honneurs, rangs, dignités, pour tout d'Ainval eſt fait.

Il le dit , il le croit. A changer de langage ,
Par mille autres propos c’eſt en vain qu’on l’engage :
Peut-être il finira, mais quand vous ſaurez bien
Qu’il eſt bon Gentilhomme & qu’il aura du bien.
Ce fat , preſqu’en naiſſant devenu militaire ,
Mieux que Vauban, ſans doute, entend l’art de la guerre.
Daignez l’interroger , il ne vous dira pas
De quel pied un ſoldat doit commencer ſes pas.

Ils ne ſont plus ces tems, ces ſiécles d’impuiſſance ,
Où l’eſprit n’écoutait qu’une humble obéiſſance ,
N’oſait rompre les fers qui le tenaient captif,
Et ne levait qu’à peine un front pâle & craintif ;
Les ſecrets ſont connus. L’altière Maladie
Eſt ſoumiſe à ſon tour par une main hardie ;
De la Nature même ambitieux rival ,
Le Peintre la ſaiſit & marche ſon égal :
Sur trois ordres la pierre établit ſon empire ,
Et le marbre poli prend une ame & reſpire.
L’immenſité des airs n’étonne plus les yeux ;
Des mortels inſpirés d’un vol audacieux
En parcourent l’eſpace, en marquent l’étendue.
La Terre, cette maſſe au milieu ſuſpendue ,

N'eſt plus un phénomene ; on fixe ſa grandeur,
Sa figure ; & des Mers on fait la profondeur.
Des aſtres vagabonds la courſe eſt limitée,
Des feux toûjours conſtans la place eſt arrêtée.
TRONCHIN, BOUCHER, CLAIRAUT, dans un tranſport divin
Aux yeux de l'Univers qui frémiſſait en vain,
Ont oſé s'élever vers la voûte azurée,
Saiſir le feu du Ciel d'une main aſſurée,
L'apporter ſur la terre, éclairer les Mortels,
Et du Monde étonné mériter les autels.

LA Gloire ouvre ſon temple. Armez-vous de conſtance,
Vous qu'une noble audace a remplis d'eſpérance.
Les dangers ſous vos pas naîtront à chaque inſtant,
Mais oſez les braver : la Palme vous attend.
Pouſſez avec ardeur d'une main vigilante
Votre courſier fougueux qu'une feuille épouvante.
Il recule, il ſe cabre, il céde, en frémiſſant,
A la voix menaçante, à l'éperon preſſant ;
Mais bientôt emporté dans ſa courſe legère,
Il vole, il diſparait, il franchit la barriere ;
Et du temple déjà frappant le premier ſeuil,
Semble fouler ſous vous la terre avec orgueil.

A iv

Un obscur Hipocrite, enfant de la paresse,
Insecte avec fierté rampant dans sa bassesse,
Nous ordonne à grands cris de vaincre, d'enchainer
Tout sentiment trop fier prêt à nous dominer.
Ce désir généreux, l'ambition heureuse
D'attirer des mortels l'estime trop flateuse,
A ses yeux est un crime, un forfait des plus grands,
Qu'on ne peut expier qu'en des gouffres ardens.
Sur nos succès il pleure au fond de sa retraite.
Dans sa sainte fureur cet humble Anachorete,
Uniquement touché du vrai bonheur d'autrui,
Voudrait voir son cher frere encor plus bas que lui.
Poursuivons nos desseins, laissons-lui ses allarmes;
Et tâchons seulement de mériter ses larmes.
Ce Dieu dont la bonté brille par tant d'effets,
Notre espoir, notre appui, ce Dieu nous a-t-il faits
Pour mandier, armés d'une noble impudence,
De maisons en maisons une vile assistance ?
L'orgueil dans ses projets avec art moderé,
Des talens, des vertus, est le guide assuré.

Au Parnasse appellé dès sa brillante aurore,
VOLTAIRE, sur les fleurs que l'art y fait éclore,

Tranquillement affis fe plaît à s'en parer ;

Mais fon ambition eft de nous éclairer.

Dans le temple défert qu'habite la Sageffe,

Poéte, Philofophe, aux pieds de la Déeffe,

Il ofa le premier, d'une paifible voix,

Demander le pouvoir d'interpréter fes loix.

Avec cet air riant qui fait fon caractere,

La Déeffe d'abord éxauça fa priere ;

Et pour que la vertu peinte dans fes écrits,

Par le charme des vers enchantât les efprits,

La premiere elle-même empreffée à les lire,

Elle fut les orner ; & par un doux fourire

Laiffa tomber fur eux, dernier trait de bonté !

Un rayon éclatant de la Divinité.

La vanité frivole arme un efprit futile,

Mais l'orgueil d'un grand homme eft de fe rendre utile.

Si votre cœur troublé n'ofe voir dans les Cieux

Dédale fendre l'air d'un vol audacieux ;

Si votre œil incertain, fixé fur la barriere,

Ne fuit qu'avec effroi Caftor dans la carriere ;

Prenez un autre vol, un fentier différent.

Bien fervir fon pays, voilà le premier rang.

Près du cédre orgueilleux l'orme s'éleve encore.
Tout état, quel qu'il foit, un fage le décore.
Avec un œil égal il voit tous les Humains,
Et fe plaît à chérir l'ouvrage de leurs mains.
La terre, loin de lui, pareffeufe, inutile,
Se ranime à fa voix, s'embellit, eft fertile.
Tous les hommes ont droit à fes foins généreux,
Et les feuls préferés, ce font les malheureux.
Par un ferme regard il inftruit l'ignorance,
Et du ruftre indolent il double l'efpérance.
Le Vigneron actif, qui du matin au foir
Voltige avec ardeur de la cuve au preffoir,
Le Laboureur laffé, qui courbé dans les plaines
Supporte du foleil les brulantes haleines,
Sont-ils donc des objets qu'on doive dédaigner?
Heureux fouvent le fiécle où l'on les voit regner!
J'eftime mieux Guillot de fon art idolâtre,
Que ce joli Robin fémillant & folâtre,
Qui fur les fleurs de lys fuperbement perché,
S'honore d'un bon mot qu'il a long-tems cherché;
Que le goût des plaifirs en imprudent emporte,
Et qui fouvent fait honte à la robe qu'il porte.

Nous naiffons Citoyens : ce mot en dit affez.
Devant nous d'un feul trait nos devoirs font tracés.
Tout Citoyen craintif qui n'ofe les connaître,
Paré d'un nom frivole, eft indigne de l'être.
Crois-tu le mériter ce titre fi flateur,
Compatiffant CLÉANTE, affable protecteur,
Toi qu'on voit tous les jours, affectant des largeffes,
A divers fupplians prodiguer tes richeffes ?
Un trafic inconnu fait t'en dédommager,
Ce n'eft qu'à cent pour cent que tu peux obliger.
L'Intérêt inhumain, l'Ufure dévorante,
Sont les uniques Dieux de l'avare CLÉANTE.
Eveillé dès l'aurore il court à pas preffés
Chez des Agens obfcurs avec art difperfés,
Calculer les profits de fon infâme culte.
Dans un char magnifique il recompte ; il infulte
A l'honnête homme à pied dont il eft le mépris.

PAR un éclat trompeur je ne fuis point furpris.
Les honneurs ne font dûs qu'à l'ame généreufe,
Que l'intérêt public fait rendre induftrieufe.
Tu les a remportés, Archimede français,
Qui, toujours Citoyen dans tes brillans effais,

A côté des beaux Arts, d'une main triomphante,
Places la Méchanique à ta voix renaiſſante,
Et ſuis d'un pas égal ces eſprits créateurs,
De la terre à jamais illuſtres bienfaiteurs.

VAINCU par des tourmens nés du ſein des délices,
Ce ſoldat, près du lit où l'ont conduit ſes vices,
Ne voit qu'avec frayeur ardente à l'accabler
La Mort que dans les Camps il cherchoit ſans trembler.
Le puiſſant minéral qui roulant dans nos veines
Découvre du poiſon les routes incertaines,
Par VAUCANSON bientôt avec art diviſé *,
Va redonner la force à ce corps épuiſé ;
Et ranimant en lui les ſources de la vie,
D'un nouveau défenſeur enrichir ſa patrie.
Qu'il eſt flateur de dire : aux tombeaux attendus
Dix hommes par mes ſoins à l'Etat ſont rendus !

PLUS d'une route mène au temple de la Gloire.
Mais avant d'entreprendre une illuſtre victoire,
De tous faux préjugés heureuſement vainqueurs,
La balance à la main, interrogeons nos cœurs.
Oſons porter ſur nous l'œil integre d'un Juge,

* M. Vaucanſon a fait la machine pour diviſer le Mercure.

Nous connaîtrons les lots que le Ciel nous adjuge,
Dans des fables abjects , un caillou coloré
A souvent découvert un trésor ignoré.
Mere toujours facile , indulgente Maîtresse,
La Nature, envers nous prodiguant sa tendresse,
Nous donna les désirs , éclairs impétueux ,
Du sort qui nous attend avant-coureurs heureux.
A vaincre ces désirs envain veut-on atteindre ;
C'est un feu qui renaît , on ne saurait l'éteindre.
Aujourd'hui, sous la cendre, il paraît s'appaiser ,
Et demain plus ardent il va tout embraser.
Ces sentimens secrets qu'en nous elle a fait naître ;
Osons les consulter , cherchons à les connaître.
Sachons jouir des dons que le Ciel nous a faits ,
Sans tâcher follement d'obscurcir ses bienfaits.

J'APPERÇOIS à ces mots sur le front de l'Impie
Se répandre la joye ; il triomphe , il s'écrie :
Ce Dieu que tu me peins comme un Dieu de bonté
M'a donc enfin ravi l'auguste liberté ,
Qui de mon être a fait jusqu'ici la noblesse ?
J'avais jusqu'à présent méconnu ma faiblesse,
Dans un riant vallon où mon œil égaré ,

Porte fur cent côteaux un regard affuré ,
Du choix de mon féjour je me croyais le maître ,
Je me trompais beaucoup ; un autre a droit de l'être.
Eclairé malgré moi fur mon heureufe erreur ,
De mon deftin affreux je vois toute l'horreur.
Au gré de fon caprice un Sultan defpotique
Peut contraindre un Efclave, animal domeftique,
D'entrouvir une mine où fouvent il périt.
Dieu ne te force point , ingrat , il t'avertit.
Il veut être ton guide , & d'une main propice
Il te montre un fentier au bord du précipice.
Les flambeaux, par fon ordre, allumés fur tes pas ,
Si tu fuis leur éclat , ne t'égareront pas.

Heureux ! qui peu jaloux d'une gloire étrangere,
Eftime à fon vrai poids fa faveur paffagere ,
Permet à la raifon de borner fes defirs ,
Et compte fans éclat fes jours par fes plaifirs.
Par des flots orageux fans-ceffe tourmentée ,
Une ame ambitieufe , & loin d'elle emportée ,
Au bout de l'Univers croit trouver le bonheur ,
Marche à grands pas, arrive, apperçoit fon erreur.
Rarement garde-t-on la pompe où l'on débute.

Tel qui ſe croit fameux ne l'eſt que par ſa chûte.

L'Arbriſſeau voit en paix le tumulte de l'air ,

Et le cédre pâlit à l'aſpect de l'éclair.

Faible jouet d'une onde aux vents abandonnée ,

Le fragile Roſeau ſuit la vague indignée ;

Il céde à ſa fureur : le foudre meurtrier

Le tourmente , l'emporte & le rend tout entier.

Mais le hardi vaiſſeau qui fait tête à l'orage ,

Eprouve les effets du plus cruel naufrage :

Il éclate : la Mer ſe remplit de ſes morts ,

Et ſes débris au loin vont étonner les bords.

F I N.